L'INFLUENCE

DE LA

POÉSIE MODERNE

EN ITALIE

L'INFLUENCE

DE LA

POÉSIE MODERNE

EN ITALIE

PAR

CÉSAR COLLAVECCHIA

PARIS

CASTEL, LIBRAIRE-ÉDITEUR

Passage de l'Opéra, galerie de l'Horloge, 3 et 21.

1860

Paris. — Typogr. PILLOY, boulevard Pigalle, 50.

L'INFLUENCE

DE LA POÉSIE MODERNE

EN ITALIE

> Quid ergo tibi commendem eum, quem tu ipse diligis? Sed tamen ut scires eum non a me diligi solum, verum etiam amari.....
>
> CICÉRON.

S'il est une contrée de l'Europe qui soit considérée comme le berceau de la poésie moderne, cette contrée est sans contredit l'Italie. — De même que les grandes passions s'exhalent par le chant, de même les hautes pensées ne sauraient briller que par l'attrait de la forme et par l'harmonie du rhythme. — Or, nul ne contestera aux Italiens cette force de sentiments et cette puissance d'imagination qui créent la poésie, laquelle n'en est, à proprement parler, que le langage animé et splendide.

Et pourtant, il s'est passé plusieurs siècles sans que la plupart des poëtes italiens aient songé à remplir leur mission. — Oubliant leurs devoirs de citoyens, ou, pour être plus justes, ne pouvant donner l'essor à leur génie, à cause des vicissitudes qui affligeaient leur patrie, ils se bornaient à célébrer la naissance, le mariage ou la mort de quelques illustres personnages; à retracer des scènes de mœurs, à admirer les beautés de la nature et à chanter l'amour. — A l'exception du Dante et de Pétrarque, quels sont donc les poëtes anciens qui se soient sérieusement occupés de l'Italie, même sous le voile de l'allusion? Depuis la mort du grand Alighieri, si l'on a vu surgir une foule de poëtes lyriques ou satiriques, on peut dire que pendant presque quatre siècles il n'y en a pas eu un seul qui ait mérité le nom de poëte national.—Dans la patrie de l'Arioste et du Tasse, on s'attacha longtemps aux lectures du *Morgante Maggiore* de Pulci, du *Seau enlevé* de Tassoni (la *Secchia rapita*) des rimes burlesques de Berni, et des *animaux parlants* de Casti, en perdant de vue que tous ces écrivains, malgré leur talent et leurs succès, n'avaient pu réveiller dans les cœurs de leurs concitoyens l'amour sacré du sol natal.

En 1582, lorsque l'élite de l'intelligence italienne fonda, à Florence, l'académie de la *Crusca*, elle ne fit qu'épurer et, pour ainsi dire, nationaliser la langue; mais elle ne sut jamais nationaliser la pensée d'un grand peuple qui, ne pouvant toujours s'expliquer ce qui l'agite, cherche à être guidé dans ses aspirations encore vagues et à être soutenu dans ses efforts suprêmes pour s'affranchir, à l'aide des lumières et du patriotisme de ses hommes de génie. — Et pourtant, — il faut le reconnaître, — l'idée nationale, quoique cachée, brillait dès le quinzième siècle dans l'*Italie delivrée des Goths* du Trissin, et plus tard, dans les belles allégories de Michel-Ange, et dans les vers immortels de Filicaja. — C'étaient, à la vérité, de nobles paroles capables de rappeler à la vie un peuple qui voulait renaître; mais ce n'étaient que des éclairs passagers, des lueurs éphémères qui ne parvenaient pas à dissiper les ténèbres de l'*obscurantisme*. — En un mot, la liberté de penser, qui a tant d'influence sur le sort d'une nation, n'ayant pu se dégager des entraves que lui suscitaient continuellement les ennemis du progrès, dut demeurer pendant longtemps sans forme et sans puissance.

Après avoir déterminé et enrichi le langage, les écrivains italiens, voulant ramener le bon goût dans les lettres, fondèrent à Rome, en 1690, l'académie des Arcadiens, où chaque membre faisait consister toute sa gloire à mériter, par des poésies érotiques ou pastorales, le surnom d'un berger d'Arcadie. — Si l'Italie est fière de les avoir vus naître, elle ne peut se dissimuler qu'ils ont travaillé à leur renommée littéraire plutôt qu'à sa régénération politique; et l'histoire, au jugement de laquelle nul ne saurait échapper, a déjà transmis à la postérité les noms de ceux qui, quoique doués d'un grand esprit, se sont abstenus de seconder les élans de leur cœur en faveur de leurs compatriotes.

Au point de vue littéraire, on doit louer les efforts de Parini et de Monti, qui parvinrent à relever la poésie italienne de cet abaissement moral où l'avaient fait tomber les égarements et les abus des Arcadiens. A leurs phrases sonores et ampoulées, qui cachaient fort souvent le vide de la pensée, Parini fit succéder un style plus grave et plus sobre, et en même temps des sujets plus mâles et plus dignes d'un poëte qui voulait flétrir le vice sous toutes ses formes. — Mais les écrits de Parini, où l'ironie et le sarcasme percent à chaque vers, ne pouvaient tout au plus qu'amener une réforme dans les mœurs; et encore était-il nécessaire, pour atteindre à ce but, d'employer un langage plus clair et moins élevé.

Si Monti eut le mérite de faire revivre la poésie dantesque, qu'il imita si bien, il fut pourtant loin d'égaler les vertus du divin poëte qu'il avait pris pour modèle. Le chantre de la *Basvilliana* fit de cette œuvre un nouvel enfer où il mit non-seulement les scélérats et les traîtres, mais encore les libres penseurs et tous ceux qui, martyrs des préjugés de leur siècle, surent préparer l'ère nouvelle des peuples. — Il est vrai que dans une note de la *Mascheroniana* il s'écrie : « Qui êtes-vous donc, qui appelez esclave le libre auteur d'Aristodème? » et qu'il fait aussi des vœux pour l'indépendance de son pays; mais cette profession de foi ne s'accorde nullement avec plusieurs actes de sa vie, puisqu'il n'a pas dédaigné, lui souverain poëte, de se mettre aux gages de l'Autriche, après avoir chanté les victoires des Français. — Monti avait tous les éléments pour être le barde de sa nation. — Il ne l'a pas voulu, ou plutôt les passions politiques et les persécutions incessantes de ses ennemis l'ont fourvoyé et ont fait perdre à la cause italienne un grand homme qui aurait pu la défendre.

Jusqu'au siècle dernier, et tout récemment encore, on appelait l'Italie la terre du passé.—En effet, les édifices, les monuments, les tombeaux, les pierres même y réveillen en foule de grands souvenirs. — Or, quel est l'homme de cœur qui, connaissant les traditions de gloire d'une nation asservie, ne cherche à lui rendre les dons qu'elle a perdus? — Le patriote qui ne peut combattre par l'épée doit combattre par la pensée, car s'il ne lui est pas donné de verser son sang, qui est son dernier trésor, il faut tout au moins qu'il offre à l'autel de la patrie le premier et le plus précieux de tous les trésors : — celui de son génie.

C'est ce qu'a fait Victor Alfieri qui, placé, pour ainsi dire, au milieu d'un vaste cimetière de peuples jadis glorieux, et entouré de toutes parts du silence et des ténèbres de la mort, osa évoquer les ombres du passé et susciter de leurs cendres une étincelle de ce feu sacré qui ranime tout-à-coup les nations que Dieu veut rendre fortes et heureuses. — La scène qu'il sut illustrer fut le champ de bataille d'Alfieri. — En vrai soldat de l'idée, il combattit sans cesse les préjugés, l'hypocrisie et les turpitudes de son époque. — Sa grande âme se retrempait dans l'étude de l'antiquité, et trouvait de sublimes inspirations dans les épisodes les plus brillants et dans les héros les plus illustres de la Grèce et de Rome. — Cependant, en faisant revivre un passé que le temps avait presque enseveli dans l'oubli, et qui n'était plus conforme aux besoins ni aux tendances de son siècle, Alfieri ne put compléter l'œuvre d'émancipation civile et politique qu'il s'était proposée. — Si ses tragédies réveillent et enflamment le patriotisme, elles ne le dirigent point dans ses luttes, dans ses défaillances, ou dans ses triomphes. — On admire l'auteur de *Saül*, de *Virginie*, de *Brutus*, de la *Conjuration des Pazzi*; on se sent en quelque sorte entraîné par l'irrésistible prestige de ses vers, par l'énergie et l'élévation des sentiments qu'ils respirent: mais en même temps l'on se demande si, dans les circonstances actuelles, les vertus et les actions d'éclat des héros d'Alfieri pourraient se reproduire et quels seraient les moyens de les imiter. — En résumé, le théâtre du poëte piémontais est plutôt un hommage d'enthousiasme rendu au passé qu'un enseignement utile pour l'avenir.

Quoi qu'il en soit, les œuvres d'Alfieri eurent tant de retentissement en Italie, que la littérature entra dès lors dans une phase nouvelle. On vit à la même époque des hommes de génie, maniant aussi bien l'épée que la plume, recueillir la double couronne due au guerrier et au poëte.

Parmi les écrivains distingués qui ont acquis des titres impérissables à la reconnaissance des Italiens, nous citerons Ugo Foscolo, né à Zante en 1777, et qu'un long séjour dans la Péninsule lui fit considérer l'Italie comme sa seconde patrie. — En butte aux persécutions du gouvernement vénitien, il quitta Venise après le traité de Campe-Formio, et alla ensuite à Milan. — Convaincu que le sort de l'Italie était intimement lié à celui de la France, il s'enrôla dans l'armée française, où il obtint le grade de lieutenant, et accourut à la défense de Gènes. — Au bruit du canon, et au milieu des rudes fatigues que le général Masséna n'épargnait pas à ses troupes, il consacrait ses instants de loisir à cultiver son esprit. — Après la bataille de Marengo, il lui fut permis de reprendre ses études, et la lecture du *Werther*, de Goëthe, lui inspira les *dernières lettres de Jacques Ortis*, ouvrage empreint d'amour et de patriotisme, et qui eut un immense succès.—Son discours à Bonaparte, prononcé à l'occasion du congrès de Lyon, en 1802, prouve jusqu'à quel point Foscolo savait allier l'éloge sans flatterie à la franchise sans insolence. — Il signale, dans ce discours, avec autant de clarté que de justesse, les abus et les malversations de ceux qui étaient préposés au gouvernement de la république Cisalpine, en exhortant le premier Consul à y mettre un terme par de sages réformes. — Si le langage qu'il emploie laisse quelque chose à désirer sous le rapport de la pureté, la pensée en est généreuse, et les idées en sont vraiment élevées.

En 1805, Foscolo fut nommé capitaine d'état-major dans la division du général Pino. — Pendant son séjour à Saint-Omer, il commença la traduction du *Voyage sentimental* de Sterne, et recueillit des matériaux fort précieux sur l'art de la guerre. — Vers la fin de la même année, ayant sollicité le général Caffarelli à entretenir l'ardeur des troupes italiennes, il put, par la faveur de ce ministre, préparer la belle édition des œuvres de Monteeuccoli.—Mais avant d'achever ce travail, il publia, à Brescia, le *Chant des tombeaux* (*il carme dei sepolcri*), qui éleva si haut sa renommée de poëte. — Cette touchante élégie, qui a tant d'affinité avec celle de Thomas Gray, est l'apothéose des grands hommes de l'Italie et de l'Angleterre. — L'auteur plaint dans ce chant la mort de Parini, le chantre du Sardanapale Lombard (1). Il rend son hommage à Machiavel qui, en effeuillant les lauriers des sceptres anciens, montra aux peuples les larmes et le sang qui en dégouttaient (2); à Michel-Ange, qui construisit à Rome une voûte céleste et digne des Dieux de l'Olympe (3); et à Galilée qui, soutenant le premier le mouvement de la terre, fit déployer à Newton les ailes de son génie, en lui frayant les voies du firmament (4).—A l'aspect de ces tombeaux, il salue Florence, son air vital, ses sources limpides, ses belles et fertiles collines éclairées par l'astre nocturne, ses vallées peuplées de maisons et d'oliviers, et les parfums variés du nombre infini de ses fleurs (5). Il salue cette Florence qui fut la première ville à entendre les vers du grand proscrit Gibelin, et qui donna le jour aux parents de Pétrarque en lui inspirant son doux langage (6). Il salue enfin ces rives solitaires de l'Arno, ou Victor Alfieri aimait à se livrer à ses méditations, et ce grand Panthéon florentin qui lui offrit un dernier asile (7).

Rien ne saurait rendre la beauté de ces vers, qui, selon nous, sont intraduisibles, à cause de leur énergie et de leur originalité. — Dans ce superbe chant funèbre, les allusions se succèdent aux allusions, et le sens en est si profond, qu'il faut que l'auteur lui-même explique par des notes ses propres pensées. — Il y a entre autres un passage où il parle des cimetières anglais et de Nelson, qui prépara son cercueil avec le grand mât enlevé à l'*Orient* à la bataille d'Aboukir, passage qui ne renferme pas plus de sept vers, et dont l'obscurité exige deux commentaires circonstanciés pour l'intelligence du lecteur. — On peut reprocher à Foscolo de manquer de clarté et de n'avoir pas assez développé, dans cette composition, une foule de brillantes idées que son génie laisse à peine entrevoir;

mais on conviendra que le *Chant des tombeaux* est une œuvre qui vaut à elle seule un poëme, tant pour le fond que pour la forme. — Elle exerça un immense prestige sur l'esprit de ses contemporains, et inspira à Pindemonte, à qui elle fut dédiée, sa belle réponse sur le même sujet, qu'une épître de Torti, non moins remarquable, tend à comparer à la poésie de Foscolo.

En 1808, lorsque notre poëte fut nommé professeur de belles-lettres à l'université de Pavie, il y débuta brillamment par un discours sur l'*origine de la littérature*, discours qui lui captiva l'estime générale et l'affection de ses élèves par la fermeté de ses principes et l'élévation de ses vues, ainsi que par le noble encouragement qu'ils recevaient de lui à cultiver l'étude de l'histoire nationale, qui prédispose le cœur à l'amour de la patrie et aux sacrifices qu'elle doit attendre de ses enfants. — « Italiens, disait-il, « je vous exhorte à étudier l'histoire, parce qu'il n'est point « de peuple qui ait plus que le vôtre des calamités à plain- « dre, des erreurs à éviter et des vertus qui commandent « le respect..... Aimez votre patrie, et ne souillez pas par « des productions étrangères la pureté, les richesses et les « grâces natives de notre idiome.... Rien ne saurait étein- « dre dans cet air ce feu immortel qui enflamma les Etrus- « ques et les Latins; qui anima le Dante dans les rudes « épreuves de l'exil, Machiavel dans les angoisses de la « torture, Galilée dans la terreur de l'inquisition, et le « Tasse dans sa vie errante, dans les persécutions des « rhéteurs, dans son amour constant et malheureux, et « dans l'ingratitude des courtisans. » (8)

Foscolo a laissé trois tragédies : *Thyeste*, *Ajax* et *Ricciarda*. — Quoiqu'il ait marché sur les traces d'Alfieri et que *Thyeste* renferme de grandes beautés, il en fit lui-même la critique, et ne tarda pas à s'apercevoir qu'il n'était point né pour briller sur la scène. — Son *Ajax* lui attira les persécutions de la police, parce que les ennemis de Foscolo avaient répandu le bruit que les personnages d'Agamemnon, d'Ajax et de Calchas n'étaient autre chose que des allusions contre Napoléon Ier, le général Moreau et le pape Pie VII. — Forcé de se réfugier en Toscane, il trouva un grand adoucissement à ses chagrins dans l'amitié de Niccolini, qu'il conserva jusqu'à sa mort. — Pendant son séjour à Florence, il continua sa traduction de l'Iliade et ses hymnes aux Grâces, dédiés à Canova.

A son retour à Milan, il fit tous ses efforts pour défendre l'intégralité du royaume d'Italie, que les revers de l'empire français menaçaient de détruire, et pour empêcher le meurtre du ministre Prina. — Il rédigea une adresse au nom des députés du royaume, demandant aux puissances alliées l'indépendance et la constitution italiennes ; mais les canons autrichiens furent la seule réponse du cabinet de Vienne. — Foscolo ne voulut pas prêter serment de fidélité à l'Autriche, et partit pour la Suisse, où il publia un pamphlet en latin, intitulé *Didymi clerici hypercalypseos*. — Désespérant d'être utile à la cause italienne, il se rendit en Angleterre, où il entreprit un cours de littérature, et fit paraître, en anglais, un *Essai sur Pétrarque*. — Il réussit d'abord à gagner sa vie en écrivant dans les revues ; mais, peu de temps après, de nouvelles infortunes affligèrent profondément la fin de ses jours. — Poursuivi par d'inexorables créanciers et luttant contre la misère, il se disposait à retourner à Zante, lorsqu'il tomba gravement malade et expira le 14 septembre 1827. — Ses cendres reposent à Chiswich, près de Londres.

Telle fut la vie de ce grand homme, qui aima tendrement sa famille, et qui eut pour l'Italie, à laquelle il était redevable de ses lumières, le même attachement qu'il avait pour la Grèce, son pays natal. — Il combattit vaillamment à Gènes, à Cento, à Forte-Urbano, à la Trebbia, à Novi et en Toscane, et il offrit à sa patrie d'adoption, comme guerrier et comme poëte, le double tribut de son sang et de son génie.

Après la mort d'Ugo Foscolo, les gouvernements de la Péninsule proscrivirent avec tant de rigueur toute pensée d'indépendance et de liberté, que pendant plusieurs années il ne se trouva pas un écrivain qui osât rompre le silence. — L'exemple de Silvio Pellico et de tous ceux qui, comme lui, voulaient secouer le joug de l'Autriche, semblait avoir refoulé dans les cœurs des Italiens leurs premières aspirations de grandeur nationale. Il fallait encore une voix puissante qui vînt réveiller de sa léthargie un peuple délaissé, trahi et épuisé par des luttes stériles. — Un illustre penseur, à la fois philosophe et poëte, se mit alors à la hauteur de la situation et ranima, par ses chansons patriotiques, des sentiments qui paraissaient presque éteints.

Ce fut Jacques Léopardi, né en 1798, à Recanati, près d'Ancône, et enlevé trop tôt à l'amour et aux espérances de ses concitoyens.—Il n'entre point dans notre plan d'apprécier ses œuvres philologiques qui montrent la précocité, l'érudition et la profondeur de son talent. — Nous nous bornerons donc à constater que sous le double rapport de la langue et du style, Léopardi peut être pris pour modèle. — Quelques-unes de ses chansons parurent en 1827.—La pureté, l'élégance et la concision qui les caractérisent en font de véritables chefs-d'œuvre. — *L'Ultimo canto di Saffo* est une poésie des plus touchantes, et le *Risorgimento* semble avoir été inspiré par le génie du Dante. Mais son chant à l'Italie, tout empreint du plus ardent patriotisme, est une de ces œuvres qui laissent des souvenirs ineffaçables dans l'esprit du lecteur, et qui sont capables de reproduire ces traits d'héroïsme et ces nobles sacrifices qui marquent l'existence d'un grand peuple.

« O ma chère patrie, s'écrie-t-il, quand et comment le « sort t'a fait tomber si bas? Ne trouves-tu pas, parmi tes « enfants, des guerriers et des défenseurs? — Que l'on « m'apporte donc des armes, car je veux être le seul à « combattre et à périr. Fasse le Ciel que mon sang de- « vienne du feu qui enflamme les cœurs des Italiens! — « Hélas, mon Dieu! ce n'est point pour affranchir son pays « que la jeunesse combat en ce moment; et bien malheu- « reux est le soldat qui meurt sur le champ de bataille, « non pour défendre ses foyers, son épouse et ses enfants, « mais pour soutenir une nation étrangère. — Il ne peut « pas dire en expirant : O ma noble patrie! je te rends, avec « mon sang, la vie que tu m'as donnée! » (9)

Tels sont à peu près les sentiments qu'exprime Leopardi dans cette chanson, sentiments que, malgré nos efforts, nous ne parviendrons jamais, — nous l'avouons, — à interpréter assez bien. — On doit lire les vers italiens, si l'on veut apprécier cette composition et en admirer toutes les beautés.

Cependant, Léopardi, qui avait si bien débuté, n'eut pas le temps de compléter son œuvre. — L'Italie vint à le perdre au moment même où elle saluait en lui le chantre de la renaissance. — Néanmoins, il ne faut pas croire que de simples poésies lyriques exercent une grande influence sur le sort d'un peuple, à moins que le poète ne puise largement aux sources fécondes de l'histoire et des mœurs nationales. — C'est ce qu'ont compris et effectué de nos jours Niccolini, Berchet et Giusti, dont nous allons nous occuper.

Et, d'abord, qu'il nous soit permis de dire que l'homme, à quelque rang qu'il appartienne, doit placer au-dessus de toute autre affection l'amour de la patrie, et se rendre digne d'elle par ses principes, par sa valeur et par ses vertus. — Celui qui tourne toutes les forces de son intelligence, et qui consacre toutes ses pensées et ses actions au bonheur de son pays, — dit Bolingbroke, — éprouve plus de joie que Montaigne en écrivant ses *Essais*, que Descartes en supposant de nouveaux mondes, que Burnet en formant une terre antédiluvienne, ou que Newton en découvrant les vraies lois de la nature. — En un mot, l'homme doit être à la fois un bon patriote, un brave guerrier et un citoyen vertueux.

Il appartenait à Niccolini, qui est, — pour nous servir de l'expression de Guerrazzi, — la plus grande conscience littéraire des temps modernes; il appartenait à lui seul, peut-être, d'illustrer par son génie les épisodes les plus remarquables de l'histoire italienne et d'inspirer à la jeunesse studieuse ces sentiments de patriotisme qui préparent les voies de l'avenir. — S'il est un grand écrivain en Italie qui ait bien mérité de ses contemporains, c'est assurément Niccolini, car ses tragédies sont vraiment nationales, dans toute l'acception du mot, plus nationales même que celles d'Alfieri. — On connaît déjà le succès d'*Antonio Foscarini*, où les devoirs du citoyen et ceux de l'amant se disputent tour à tour la prééminence. — Le poëte flétrit sans pitié l'oligarchie vénitienne et semble lui prédire le sort qu'elle a subi. « J'essayai d'abolir — dit le jeune Foscarini — « cette infamie de l'Europe. — Au milieu du silence d'un « siècle trop lâche, on m'entendit proférer des paroles de « liberté, et l'Italie vit pâlir les tyrans et rougir les escla- « ves (10).......... Ville orgueilleuse! ton lion cruel, dé- « sarmé par l'âge, deviendra un objet de dérision. Privé « de ce courroux qui ennoblit la mort, il tombera sans « même pousser un rugissement. » (11)

Les Vêpres siciliennes offrirent un plus vaste champ à l'imagination du poëte. — Le rôle de Jean de Procida est la véritable personnification du libérateur de la Sicile. Tout est grand, tout est noble dans le caractère de ce héros qui sut tirer une vengeance si éclatante, quoique bien cruelle, des outrages de Charles d'Anjou. — C'est une tragédie où respire le plus ardent patriotisme et qui peint parfaitement la situation de l'Italie d'alors. — Les chœurs surtout, qui renferment de hautes pensées, sont d'une beauté lyrique au-dessus de tout éloge. — « Je voudrais « que sur l'Italie, — dit le poëte, — les nuages étendissent « un sombre voile de deuil. Pourquoi donc ce sourire du « Ciel sur la terre de l'ignoble douleur? » (12)

Mais hâtons-nous de parler d'*Arnaldo da Brescia*, qui est, selon nous, le meilleur catéchisme politique des Italiens. — Il est seulement à regretter que cette tragédie n'ait jamais pu être représentée à cause de sa prolixité et du triple défaut d'unité d'action, de temps et de lieu. « Lors- « qu'on ne donne pas à la matière, — l'auteur dit dans sa « préface, — les formes qu'elle est disposée à recevoir, les « œuvres ne peuvent jamais répondre aux intentions de « de l'art. » Ainsi, *Arnaud de Brescia* est moins une tragédie, proprement dite, qu'une double trilogie comprenant : la réforme et l'excommunication, la papauté et l'empire, le supplice d'Arnaud et le couronnement de Frédéric Barberousse.

Quoi qu'il en soit, le génie que révèle l'auteur dans ce poëme ne le cède en rien à l'érudition des plus illustres historiens. La plupart des vers, qui sont aussi harmonieux qu'énergiques, renferment autant de vérités qu'il y a d'épisodes et de caractères à retracer. — Niccolini, plus habile en cela qu'Alfieri et beaucoup d'autres écrivains, n'a pénétré les mystères du passé que pour le comparer au présent et pour en tirer des enseignements utiles pour l'avenir. — Son *Arnaud de Brescia* est une de ces œuvres qui ouvrent une ère nouvelle à la littérature et qui font revivre ces grands problèmes que les tendances des peuples et les progrès des siècles parviennent aisément à résoudre. — Il a trouvé un moine, un réformateur des abus du clergé, un précurseur enfin de Savonarola, et qui eut, comme ce Dominicain, des sectateurs, des adversaires et des bourreaux. — On sait que les cendres d'Arnaud de Brescia furent jetées dans le Tibre de peur que le peuple romain ne les vénérât comme des reliques. — Cet événement se passait en 1155, sous le pontificat d'Adrien IV, et à l'époque où Frédéric Ier venait de ravager les villes principales de la Lombardie. Niccolini a groupé plusieurs faits, tels que l'élévation d'Adrien IV, les discordes intestines qui ensanglantèrent la ville éternelle; l'arrivée de l'Empereur à Rome, sa victoire sur les Romains et son couronnement. — Mais ces faits ne sont qu'accessoires, puisque l'idée prédominante et le véritable sujet de la tragédie se retrouvent constamment dans la vie, les doctrines et la mort d'Arnaud.

Il y a dans cet ouvrage des scènes vraiment sublimes et qu'il faudrait traduire en entier pour convaincre le lecteur que tout le bien que nous pourrions en dire serait toujours au-dessous du mérite d'un pareil chef-d'œuvre. — L'entretien d'Adrien IV avec Arnaud tend à montrer l'aveugle résistance du Saint-Siége aux sages conseils du réformateur qui dit : « Es-tu pontife ou roi? Rome n'entendit jamais ce « dernier nom. Si tu es donc le vicaire du Christ, tu devrais « bien savoir que sa couronne était seulement formée d'é- « pines. » (13). — La rencontre de Frédéric avec Adrien, soutenant tour à tour les droits et les prétentions de l'empire et de l'Eglise, a pour résultat l'alliance du pouvoir temporel avec le pouvoir spirituel, ainsi que le voulait le Pontife. « Je suis la vérité, — dit-il, — et tu es la force. « Si tu te sépares de moi, tu deviens aveugle et je reste

« sans défense.» (14). Lorsque les légats romains arrivent au camp de l'Empereur, il dédaigne leurs offres et leur répond orgueilleusement : « Toutes les provinces italiennes « doivent être attelées au char triomphal de l'Allemagne, « car Othon leur mit une chaîne qui pourra parfois s'al- « longer, mais qui ne se brisera jamais. Est-ce parce qu'elle « résonne que vous vous croyez libres? Je ferai bientôt « cesser cette illusion; et mon glaive, en rivant vos fers, « rendra votre esclavage muet. » (15). — Sur le point de mourir, Arnaud fait cette profession de foi : « J'ai été l'é- « cho fidèle de l'Evangile ; qu'à cette idée mon esprit s'é- « lève. — Toi, Seigneur, défends ta cause ; fais que par « mon sang elle triomphe de l'erreur et que l'ancien men- « songe périsse au pied du Vrai éternel..... Courage, Ar- « naud, qu'en rompant toute union terrestre avec ce frêle « corps, mon âme s'envole vers le céleste hymen. Con- « duisez-la donc auprès de Dieu, à travers l'infini, ailes de « l'intelligence et de l'amour. » (16).

Ces passages donneront peut-être une idée des principes d'Arnaud de Brescia. — Il est vrai qu'à ses derniers moments il est en proie à un scepticisme des plus désolants ; mais l'on ne saurait nier que, pendant toute l'action, le poëte, strictement fidèle à l'histoire ainsi qu'aux traditions religieuses, n'ait fait lutter son héros, l'Evangile à la main, contre les envahissements de la cour de Rome.—Ceux qui pensent le contraire, ou qui prétendent que cette tragédie est peu orthodoxe, ne l'ont certainement pas bien comprise.

Les chœurs d'Arnaud de Brescia sont de très-beaux modèles de poésie lyrique où dominent essentiellement l'amour et le patriotisme.—Il y a entre autres une superbe imitation du *Veni Creator* ainsi conçue : « Descends dans « notre exil, ô esprit créateur, qui unis le père au fils par « les liens de l'amour..... Triomphe par ta valeur de la « haine qui nous divise, qui engendre la douleur et qui « tue l'espérance..... »

Et plus loin : « Ce soleil qui nous guide a déjà dissipé « les ténèbres et dans nos cendres brille une étincelle « éternelle. — Toutes les vertus assoupies renaîtront dans « nos âmes, car l'esprit, c'est la vie, et la vie, c'est la liber-

« té (17). » — On admire enfin le chœur des soldats romains commençant par ces vers :

« Aux armes, Romains : parmi ces ruines, écoutez la « voix des âmes latines qui crie : Lève-toi, ô peuple roi. « La ville éternelle ne peut mourir à la gloire. Voyez donc « ce temple érigé à la victoire. Les cendres des forts ne « sont point une vile poussière. » (18).

En résumé, toutes les œuvres de Niccolini ont donné un grand élan à la littérature politique, et l'on peut dire, avec raison, qu'il a formé le cœur du patriote italien.

Il faut avouer, pourtant, que les pensées du poëte florentin sont parfois trop profondes et ornées d'un style trop élevé pour qu'elles puissent être comprises du vulgaire. — Les grandes idées nationales sont mieux conçues lorsque la poésie sait les revêtir d'une forme qui soit à la portée de toutes les intelligences ou qui se prête aisément aux besoins des masses. — En Italie, où la musique exprime si éloquemment, et avec tant de spontanéité, les méditations du penseur, les rêveries de l'artiste ou les sentiments du simple ouvrier, la chanson exerce une grande influence sur l'esprit de tous. — Aussi, le poëte qui parvient à se rendre populaire obtient-il un plein succès de même que l'affection de ses concitoyens, et les poésies de Berchet sont là pour attester ce que nous avançons.

Berchet, qui n'était pas à la hauteur du génie ni du savoir de Niccolini, mais qui aimait l'Italie avec autant de transport que lui, a laissé à son pays des chansons nationales qui ont élevé si haut sa renommée de poëte, et que la postérité n'oubliera jamais.

En homme qui connaissait profondément l'esprit des Italiens, il excita leur enthousiasme par le prestige de ses vers qui furent comme un cri de ralliement pour cette jeunesse pleine d'ardeur, mais dont le courage avait encore besoin de se retremper sur le champ de bataille. — Berchet, qui voyait autour de lui un grand nombre de patriotes, ne trouvait pas assez de soldats qui pussent, au moment de la lutte, se mesurer avantageusement avec les oppresseurs de sa patrie. — La Grèce moderne et l'Italie du moyen-âge offrirent alors au poëte l'occasion de développer son beau talent.—En effet, les *Fugitifs de Parga* et les *Fantaisies* retracent admirablement deux épisodes remarquables de la guerre de l'indépendance grecque et de la ligue lombarde. — On sait qu'en 1819, les Parganiotes, assiégés par l'armée d'Ali-Pacha, brûlèrent les ossements de leurs ancêtres et abandonnèrent entièrement la ville plutôt que de se soumettre à la domination du Sultan. — On sait aussi que la ligue lombarde, formée à Pontida en 1167, contre Frédéric Barberousse, défit complètement l'armée de cet empereur à la bataille de Legnano en 1176. — Ces événements avaient pour principe et pour but l'indépendance de deux nations aussi nobles que malheureuses, et le triomphe de la cause des Grecs devait être d'un heureux augure pour celle des Italiens.

La verve de Berchet, dans les *Fugitifs de Parga*, comme dans les *Fantaisies*, se manifeste avec toute sa force et sa splendeur dans la plupart de ses vers. — A l'exemple d'Alfieri, il a su se former un style dont lui seul connaît le secret ; mais sa langue, tantôt éminemment poétique, tantôt un peu trop vulgaire, laisse aussi beaucoup à désirer sous le rapport de la pureté, de l'emploi des mots et de la correction des phrases.

Nous n'analyserons point les *Fugitifs de Parga*, puisqu'ils n'ont d'autre affinité directe avec l'Italie que par la communauté du patriotisme des deux peuples. — Bornons-nous donc à donner un aperçu ainsi que quelques extraits des *Fantaisies* qui se rattachent exclusivement à l'histoire et aux idées italiennes.

C'est le rêve d'un proscrit qui entend d'abord répéter par un ancien Lombard le serment solennel des guerriers de Pontida. « Ils ont juré, — s'écrie-t-il, — j'ai vu les ci-
« toyens de vingt villes rivales se tendre fraternellement
« la main. — O spectacle de joie ! les Lombards sont una-
« nimes à former une ligue compacte, et l'étranger tein-
« dra de son sang l'étendard qu'elle déploie .. Aux armes,
« Lombards ! toutes vos communes ont des beffrois, et
« chaque beffroi possède une cloche. Sonnez donc le tocsin,
« car le sort en est jeté, et si quelqu'un hésite par pru-
« dence, si son cœur n'a pas le pressentiment de la vic-

« toire, c'est qu'il a déjà l'intention de vous trahir. — Fré-« déric est un homme comme vous, et son épée n'est « qu'un fer semblable aux vôtres. Ces soldats de rapine « qu'il amène sont formés, comme vous l'êtes, de chair « mortelle. — Mais ce sont des milliers, direz-vous, plu-« sieurs milliers même. — Eh bien, qu'importe? N'y a-« t-il pas ici autant de mères? est-ce que les bras dont « elles ont pourvu leurs enfants n'égalent pas la force des « bras ennemis? — Vite, aux armes! que tous ceux qui « ont un fer se hâtent de l'aiguiser, et que chaque citoyen « qui a souffert une injure, n'en perde point le souvenir. « Loin de nous ce troupeau de gens avides! A bas l'orgueil « de leur prince fauve! (19). »

Le second rêve du proscrit lui représente une jeunesse molle et efféminée qui se rit de l'asservissement de l'Italie et insulte même aux douleurs nationales. — « Périsse « l'insensé qui me fatigue par ses plaintes et par son esprit « indocile.— Que m'importe, enfin, si l'Italie ne conserve « plus de nom parmi les peuples? Buvons donc, et noyons « dans le vin toutes les vanités et les angoisses de mon « pays. — Que le chant funèbre de son honneur perdu, « ne vienne plus troubler mon âme au sein des voluptés, « et qui veut des baisers ardents, des piéges gracieux, des « soupirs, des délires et encore des baisers (20). »

Après cette sanglante ironie, le poëte raconte la bataille de Legnano et le triomphe de la ligue. — Un guerrier lombard, sur le point de mourir, inspire aux survivants l'amour, la concorde, l'abnégation et toutes les vertus qui assurent et rendent glorieuses les destinées d'un peuple. — Il n'y a pourtant rien d'uniforme dans la pensée de Berchet, qui suit l'essor de sa brillante imagination, sans obéir un seul instant aux exigences d'un plan préconçu.

Les *Fantaisies* eurent un grand succès en Italie. — D'un bout à l'autre de la Péninsule, les patriotes les apprirent par cœur, et la musique les rendit encore plus populaires. De ce que la ligue lombarde parvint à secouer le joug de l'étranger, le poëte se crut en devoir de dire aux Italiens : « Aux époques de la moisson et de la vendange, « partout où il y aura une réjouissance publique, les chants

« de nos poëtes devront répéter fièrement : *Legnano* — « Mais malheur à la postérité si, en lui transmettant ce « grand nom, elle n'en comprenait pas toute la portée, « car ce jour-là serait le plus infâme de tous les jours (21). »

Exprimer de tels sentiments, c'était prêcher l'indépendance, c'était arborer son glorieux drapeau au triple symbole de l'espérance, de la joie et de l'amour, suivant la belle définition de Berchet lui-même (22).—Il a crié : *Aux armes!* et ses chants ont, pour ainsi dire, enfanté des guerriers.

Il nous reste à citer, parmi ses meilleures compositions, l'*Ermite du Mont-Cenis* (*Il romito del Cenisio*), qui fait reculer d'horreur le voyageur égaré, en lui montrant le pays de la douleur; *Clarina* qui renonce à son amant pour la liberté de sa patrie; *Mathilde*, qui craint de devoir épouser un soldat autrichien; *Giulia*, dont le fils est forcé de rejoindre l'armée de l'oppresseur; et enfin le *Remords*, qui peint si bien la femme délaissée et méprisée, pour être devenue l'épouse d'un Allemand. — Toutes ces romances qui, sous des formes variées et dans des circonstances diverses, renferment de grandes beautés, ne font que compléter les idées du poëte.

Les nations opprimées et qui ne s'appartiennent plus, perdent insensiblement toutes les vertus qui ont constitué leur grandeur primitive. — A la générosité des sentiments, succède la bassesse des passions ou des vices, et la corruption des mœurs finit par dénaturer même les traits distinctifs du caractère national.— Les invasions des Barbares en Italie y produisirent tant de maux que la dégradation morale des peuples conquis, devait en être la plus funeste conséquence. — Mais si, par la valeur militaire, une nation obtient l'indépendance, ce n'est que par les vertus civiles qu'elle se rend digne de la liberté. — Pour les faire promptement revivre, il faut être sans pitié pour le vice, et le combattre énergiquement à l'aide de ces armes intellectuelles que Dieu accorde à ses élus, et qui sont souvent les plus puissantes.

Tel a été le but de Giuseppe Giusti, que l'on peut appeler à juste titre le *Béranger italien*. Doué d'un esprit des plus satiriques, il se servit presque toujours de l'ironie, du sarcasme et du ridicule, pour flageller jusqu'au sang les vainqueurs et les vaincus, les oppresseurs et les opprimés. — En attaquant avec la même violence les forts et les faibles, il se proposait d'humilier les uns et de corriger les autres. En peu de mots, Giusti voulait que ses compatriotes eussent toutes les qualités du citoyen vertueux avant de revendiquer leurs droits d'hommes libres, parce que, selon lui, la régénération civile du peuple aurait amené l'indépendance politique de la nation.

Les poésies de Giusti, dont la plupart sont comiques, deviennent graves et majestueuses toutes les fois que le sujet l'exige. Le style en est si incisif et si naturel, que ses œuvres acquirent bientôt une grande popularité. Longtemps avant leur publication, les manuscrits du poëte étaient avidement recherchés, et l'on voyait surtout la jeunesse florentine négliger, pour les transcrire, toute autre occupation. — Giusti voulant se faire comprendre et aimer, a adopté un langage qui est à la portée de presque toutes les classes. Il a fait une étude spéciale des phrases et des mots le plus en vogue ; mais ses poésies qui ont, en général, le mérite de la simplicité, sont essentiellement toscanes, plutôt qu'italiennes, c'est-à-dire qu'il faut être né en Toscane ou y avoir fait un long séjour, pour bien apprécier une foule de bons mots, de plaisanteries et de traits piquants qui échappent même aux Italiens des autres provinces. — L'idiome que l'on parle en Toscane, possède de nombreuses locutions qui ne sont vraiment connues que de ses habitants et plus particulièrement des Florentins. Les écrits de Giusti abondent en *fiorentinismi*, qui ont une originalité inimitable. — Tout essai de traduction s'écarterait donc du texte, et rendrait une pareille entreprise aussi pénible qu'infructueuse, car le poëte toscan ne peut trouver un bon traducteur.

Nous ferons seulement connaître ses œuvres principales, ainsi que quelques-unes de ses pensées, en conservant, autant que possible, la même forme dont l'auteur les a revêtues.

La mort de François Ier, empereur d'Autriche, inspira

à Giusti une espèce d'élégie excentrique qui commence ainsi :

« *Dies irae* : François est mort. Il a eu le coup de grâce « et nous a ôté l'embarras. Une maladie incurable de poi- « trine l'a mis dans le cercueil. Louange au médecin! « C'est la mode : le mal même a des prétentions libérales! « O vanité du siècle ! (23) »

Au couronnement de Ferdinand Ier, Giusti passe en revue tous les princes italiens qui ont dû rendre hommage à l'Empereur. On remarque entre autres le roi Sacripant à la mine de franciscain; le Morphée de la Toscane au front ceint de pavots et de laitue, et le Rodomont pygmée de Modène, qui se croit être le comte de Culagna (24). — Le ridicule de tous ces types est porté au plus haut degré de perfection. — En leur qualité de vassaux, ils promettent tous au monarque allemand, — que le poëte appelle le souverain tondeur, — de tondre de seconde main les peuples soumis à leur pouvoir (25).

Il y a le *Brindisi de don Girella* (*le toast de don Girouette*), qui est un petit chef-d'œuvre. Ce rénégat de toutes les causes est d'un cynisme des plus révoltants. — « J'ai célébré tour à tour, — dit-il à ses convives, — les « rois et les peuples, la guerre et la paix, Louis XVI, l'ar- « bre de liberté, Pitt, Robespierre, Napoléon, Pie VI et « Pie VII, Murat, Fra-Diavolo, le roi au gros nez (Il re na- « sone), Marengo, Moscou, et je m'en glorifie. — Depuis « 1830, à vous parler confidentiellement, je porte aux nues « les trois journées; je loue les fanfaronnades des Mode- « nais; je lis les journaux de tous les partis; je pleure l'I- « talie avec les libéraux, et, si cela me convient, j'en dis du « mal (26). » — Ces paroles ainsi que d'autres, non moins éloquentes, sont accompagnées de refrains burlesques et qui échappent presque à la traduction.

Giusti fit une réponse très-spirituelle à Lamartine, qui avait appelé l'Italie : *la terre des morts*...—Après avoir parlé de ses gloires plus ou moins contemporaines, telles que Niccolini, Manzoni, Bartolini et Romagnosi, il demande aux étrangers pourquoi ils osent venir parmi les morts pour y chercher la santé. — « Ecoutez, leur dit-il, cet air

« doit tôt ou tard vous faire du mal, car, pour vous aussi, « c'est un air sépulcral (27).—En tournant ses regards vers les soldats autrichiens, il s'écrie : « Comment pouvez-« vous regarder les morts avec tant de jalousie? Est-ce « que vous étudiez l'anatomie? Que le diable vous em-« porte!—Dans le livre de la nature,—ajoute le poëte,— « il y a l'entrée et la sortie. Leur partage, c'est la vie, et « le nôtre, c'est la sépulture. — Et après tout, si tu veux « le savoir, nous avons assez vécu, Gino, car nous étions « déjà grands, et ils n'étaient pas encore nés...... Cada-« vres, laissons-les chanter, au bout du compte, et voyons « où cette mort ira aboutir. — Parmi les psaumes de la « liturgie, il y a aussi le *Dies irae*. Ne doit-il donc jamais « arriver, le jour du jugement? » (28)

Le congrès de Pise, de 1839, offrit à l'imagination de Giusti un sujet de récriminations des princes italiens contre le grand-duc de Toscane qui l'avait autorisé. — « Ce sou-« verain-là ne connaît pas son métier, dit l'un d'eux. — « Moi, au contraire, pour trouver un antidote au progrès, « j'ai permis à mon peuple de ne pas savoir lire. — Elevé « dans l'ignorance, qu'il serve et qu'il paie : cela me suffit « et je régnerai à mon aise. — Oui, je suis vandale d'ori-« gine ; je veux donc protéger les ténèbres et faire reculer « le siècle. » (29)

La *Chronique de la Botte*, ou de l'Italie géographique « qu'il n'est pas aisé d'enfiler » et le *Gingillino*, le trompeur, l'enjôleur, l'homme qui vend sa conscience pour remplir de hautes fonctions publiques, et à la naissance duquel président des divinités mythologiques toutes spéciales, telles que la bassesse, la mesquinité, l'intrigue, la lâcheté et l'avidité; (30) la *Chronique de la Botte* et le *Gingillino*, disons-nous, sont, à notre avis, les deux meilleures compositions de Giusti dans le genre satirique. L'une et l'autre exigeraient non-seulement des extraits, mais des traductions complètes et des notes nombreuses, ce qui nous force d'y renoncer.

Si Horace a pu dire :

.... Ridiculum acri
Fortius et melius magnas plerumque secat res,

il nous sera permis de dire, à notre tour, que Giusti ne s'est servi des armes terribles du ridicule que pour flétrir ce qui doit tomber tôt ou tard sous le mépris et la réprobation des hommes, et non point pour abattre tout ce qui est grand et généreux.

En peu de mots, Giusti n'est pas un écrivain vulgaire, quoiqu'il ait employé le plus souvent un langage peu classique, Sa perspicacité et son érudition se manifestent dans une foule de ses écrits, et notamment dans son épître à Louis-Philippe et dans l'hommage qu'il rend à Alighieri avec les mêmes paroles du grand poëte. Cet hommage, qui est en quelque sorte une mosaïque des plus beaux vers de la *Divine Comédie*, donne une haute idée du talent de Giusti et de l'étude qu'il a dû faire de ce poëme.

De tous les écrivains que nous venons de citer, et qui appartiennent essentiellement à la catégorie des poëtes nationaux, il ne reste plus que Niccolini dont l'âge n'a point refroidi la verve qui brille dans toutes ses œuvres. — Giusti et Berchet ne survécurent pas longtemps aux désastres de l'Italie, le premier, surtout, en proie à une profonde tristesse, causée par des déceptions sans nombre qui avaient détruit tout d'un coup ses plus beaux rêves, fut enlevé aux espérances des Italiens, à l'estime et à l'affection de ses amis.

Manzoni et Prati, quoique doués d'un rare génie, n'ont presque rien fait pour changer le sort de leur patrie. — Si nous les nommons, c'est pour témoigner notre admiration envers deux grands poëtes contemporains, non sans regretter pourtant que les malheurs de l'Italie ne leur aient pas inspiré un peu plus de patriotisme qui eût transmis de siècle en siècle leurs chants à la postérité reconnaissante. (31)

La victoire, qui a déjà souri aux drapeaux de la France et de l'Italie, fortifie notre espoir que les peuples, encore opprimés, seront bientôt affranchis. — Que les Italiens aiment donc et vénèrent leurs poëtes comme les prophètes de la rédemption, comme les meilleurs soldats de l'indépendance nationale. — Et si leur esprit s'élève aux hautes pensées, aux principes sublimes de Niccolini ; si leur valeur se ranime en s'inspirant des chants de Berchet; si enfin leur vertu se retrempe au contact même du vice que Giusti a su si bien stigmatiser, l'œuvre d'émancipation ne manquera pas de s'accomplir, et Dieu aura alors récompensé dignement les nobles labeurs du poëte et les efforts généreux de la nation italienne.

NOTES.

(1) Che il Lombardo pungean Sardanapalo.

(2) Gli allòr ne sfronda, ed alle genti svela.
Di che lagrime grondi e di che sangue.

(3) E l'arca di colui che nuovo Olimpo
Alzò in Roma a' Celesti.....

(4) Onde all' Anglo che tanta ala vi stese
Sgombrò primo le vie del firmamento.

(5) Mille di fiori al ciel mandano incensi

(6) E tu prima, Firenze, udivi il carme
Che allegrò l'ira al Ghibellin fuggiasco,
E tu i cari parenti e l'idioma
Desti a quel dolce di Callïope labbro.

(7) . . . . Errava muto
Ave Arno è più deserto. . . . . .
. . . .
Con questi grandi abita eterno. . . .

(8) *Dell' origine della letteratura*, pages 103, 109.

(9) Come cadesti o quando.
Da tanta altezza in così basso loco?
Nessun pugna per te? Non ti difende.
Nessun de' tuoi? — L'armi, qua l'armi : io solo.
Combatterò, procomberò sol io.
Dammi, o ciel, che sia foco.
Agl' Italici petti il sangue mio.
. . . .
A che pugna in quei campi
L'itala gioventude? O numi, o numi!
Pugnan per altra terra itali acciari.
Oh misero colui che in guerra è spento,
Non per li patrii lidi e per la pia
Consorte e i figli cari,
Ma da' nemici altrui
Per altra gente, e non può dir morendo :
Alma terra natia,
La vita che mi desti ecco ti rendo.

(10) . . . . Io d' abolir tentai
Questa infamia d' Europa, e dal mio labbro.
Una libera voce alfin s' udia
Entro i silenzi dell' età codarda;
E vide Italia impallidir tiranni
E lo schiavo arrossir. . . . . .
ANTONIO FOSCARINI. — Acte IV, scène IX.

(11) Città superba! il tuo crudel Lione
Disarmato dagli anni andrà deriso;
Privo dell' ire, onde la morte è bella
Egli cadrà senza mandar ruggito.
Ibid. — Acte V, scène IV.

(12) Io vorrei che stendesser le nubi
Sull' Italia un densissimo velo :
Perchè tanto sorriso di cielo
Sulla terra del vile dolor?

(13) Sei pontefice, o re? l'ultimo nome
Mai non si udiva in Roma; e se di Cristo
Il vicario tu sei, saper dovresti
Che sol di spine fu la sua corona.
ARNALDO DA BRESCIA. — Acte II, scène VIII.

(14) . . . . Io sono il vero,
Tu sei la forza, e se da me ti parti
Cieco rimani, ed io divengo inerme.

Ibid. — Acte IV, scène XII.

(15) . . . . Otton le pose
Una catena che talor s' allunga
Ma frangersi non può! io questo inganno
Farò che cessi, e saran muti i ceppi
Dal brando mio rifissi. . . . .

Ibid. — Acte IV, scène XX.

(16) . . . . Eco fedele
Io fui dell' Evangelo: in quest idea
L'anima s' erga; e tu, Signor, difendi
La causa tua: ch' ella risorga e vinca
Pur col mio sangue i ciechi errori, e mora.
Menzogna antica ai piè del vero eterno.
. . . . Coraggio, Arnaldo:
Dalle misere carni, a cui fu sposa,
All' eterno imeneo l'anima voli;
Conducetela a Dio per l'infinito
Ali dell' intelletto e dell' amore.

Ibid. — Acte V, scène XII.

(17) Scendi nel nostro esiglio
Spirito Creatore
Che unisci al padre il figlio
Col nodo dell' amore.

. . . .

Vinci col tuo valore
L'odio che ci divide,
Che semina il dolore,
E la speranza uccide

. . . .

Fugate ha omai le tenebre
Quel sol che ci governa;
Vive nel nostro cenere
Una favilla eterna.

Ogni virtù sopita
In noi risorgerà;
Lo spirito è la vita
La vita è libertà.

Ibid. — Acte I, scène VI.

(18) All' armi, Romani! fra queste ruine
Udite la voce dell' alme latine,
Che sorgi, ti grida, o Popolo Re.

L'eterna cittade non muore alla gloria:
Mirate quel tempio che avea la vittoria;
Il cener dei forti vil polve non è.

Ibid. — Acte V, scène XIII.

(19) . . . .
L'han giurato; e si strinser la mano
Cittadini di venti città.
Oh spettacol di gioia! I Lombardi
Son concordi, serrati a una Lega.
Lo straniero al pennon ch'ella spiega
Col suo sangue la tinta darà.

. . . .
Su, Lombardi! Ogni vostro Comune
Ha una torre; ogni torre una squilla:
Suoni a stormo. . . . .

. . . .
Ora il dado è gettato. Se alcuno
Di dubbiezze ancor parla prudente;
Se in suo cor la vittoria non sente
In suo core a tradirvi pensò.

Federigo? Egli è un uom come voi.
Come il vostro, è di ferro il suo brando.
Questi scesi con esso predando,
Come voi veston carne mortal. —
Ma son mille! più mila! — Che monta?
Forse madri qui tante non sono?
Forse il braccio onde ai figli fer dono
Quanto il braccio di questi non val?

Presto, all' armi! Chi ha un ferro, l'affili
Chi un sopruso patì, sel ricordi.
Via da noi questo branco d'ingordi!
Giù l'orgoglio del fulvo lor sir!

(20) Pera chi stolido
Mi tedia l'anima,
Querulo, indocile
A servitù

Ebben! che importami
Se omai l' Italia
Nome tra i popoli
Non serba più?

. . . .

Ah! il nappo datemi!
Beviam! sommergasi
Tutta de' gemiti
La vanità.

. . . .

Poggiato a un candido
Sen non m'assalgano
Nenie per l'italo
Defunto onor;

Ma baci fervidi,
Lepide insidie,
Deliri, aneliti,
E baci ancor.

(21) Nel coglier dell' uve, nel mieter del grano,
Dovunque è una gioia, fia sempre *Legnano*
L'altera parola che il canto dirà.
Ma, guai pe' nipoti! se ad essi discesa
Diventa parola che muor non compresa:
Quel giorno l'infame dei giorni sarà.

(22) Il *verde* è la speme tanti anni pasciuta;
Il *rosso* è la gioia di averla compiuta;
Il *bianco* è la fede fraterna di amor.

(23) *Dies irae:* è morto Cecco
Gli è venuto il tiro secco
Ci levò l'incomodo.

Un ribelle mal di petto
Te lo mise al cataletto:
Sia lodato il medico.

E' la moda. — Sino il male
La pretende a liberale,
Vanità del secolo!

(24) Di tant' armi che fai, re sacripante?
. . . .
Il toscano Morfeo vien lemme lemme
Di papaveri cinto e di lattuga.
. . . .
Nè il Rogantin di Modena vi manca
Che avendo a trono un guscio di castagna
Come se fosse il conte di Culagna
Tra i re s'imbranca.

(25) . . . .
Noi toseremo di seconda mano,
Babbo, in tuo nome

(26) Quando ho stampato,
Ho celebrato
E regi e popoli,
E paci e guerre,
Luigi, l'Albero,
Pitt, Robespierre,

Napoleone,
Pio Sesto e Settimo,
Murat, Fra-Diavolo
Il Re nasone
Mosca, Marengo
E me ne tengo.

. . . .
Dal trenta in poi
(Per dirla a voi)
Alzo alle nuvole,
Le Tre Giornate,
Lodo di Modena
Le spacconate,

Leggo giornali
Di tutti i generi,
Piango l'Italia

Coi liberali
E se mi torna
Ne dico corna.

(27) . . . .
Sentite, o prima o poi
Quest' aria vi fa male.
Quest' aria anco per voi
E' un 'aria sepolcrale.

(28) Come! guardate i morti
Con tanta gelosia?
Studiate anatomia?
Che il diavolo vi porti!

Ma il libro di natura
Ha l'entrata e l'uscita:
Tocca a loro la vita,
E a noi la sepoltura;
Eppoi, se lo domandi,
Assai siamo campati;
Gino, eravamo grandi,
E là non eran nati.

. . . .
Cadaveri, alle corte
Lasciamoli cantare,
E vediam questa morte
Dov'-anderà a cascare.
Tra i salmi dell' Uffizio
C'è anco, il *dies irae*. —
Oh che! non ha a venire
Il giorno del giudizio?...

(29) Per antidoto al progresso
Al mio popolo ho concesso
Di non saper leggere.

Educato all' ignoranza,
Serva, paghi e me n'avanza;
Regnerò con comodo.

Sì, son Vandalo d'origine
E proteggo la caligine,
E rinculo il secolo.

(30) Il volta-faccia et la meschinità
L'imbroglio, la viltà, l'avidità,
Ed altre Deità :
Come sarebbe a dir la gretteria
E la trappoleria,
Appartenenti a una Mitologia, etc...

(31) Mamiani et De Rossetti ont acquis trop de titres à la reconnaissance des Italiens pour que nous les passions sous silence. — Ce dernier surtout, auteur du *Salterio* (*le Psautier*), et du *Veggente in solitudine* (*le Voyant dans la solitude*), a adopté un genre tout particulier de poésie qui formera l'objet d'une étude spéciale.

FIN.

www.ingramcontent.com/pod-product-compliance
Lightning Source LLC
LaVergne TN
LVHW021642170726
843501LV00007B/2363

9782329656717